51

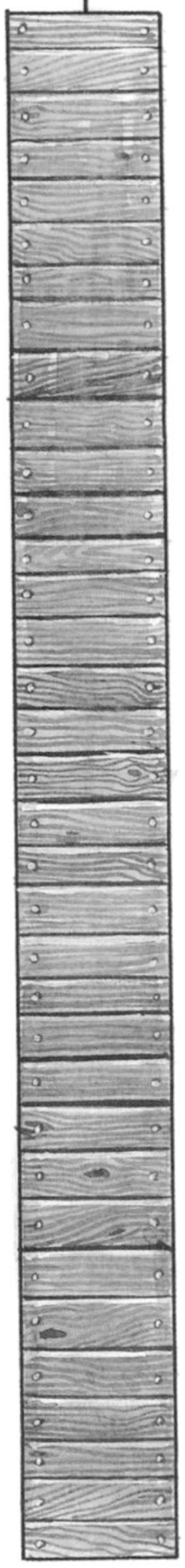

52

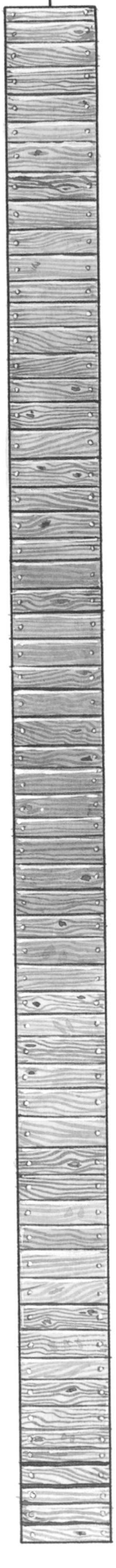

50

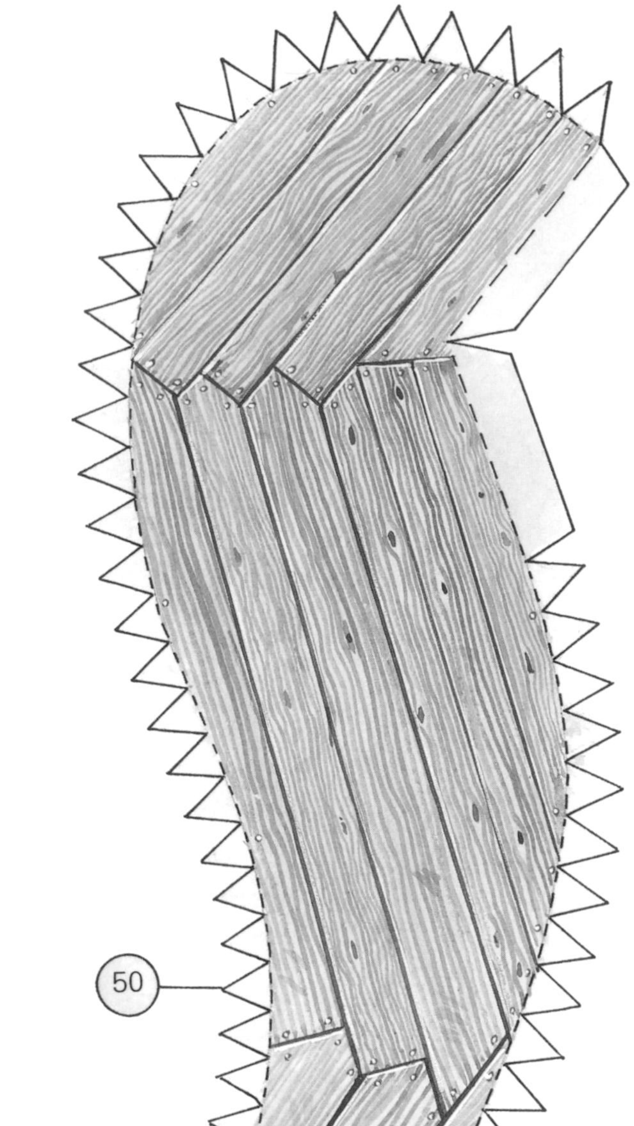

53

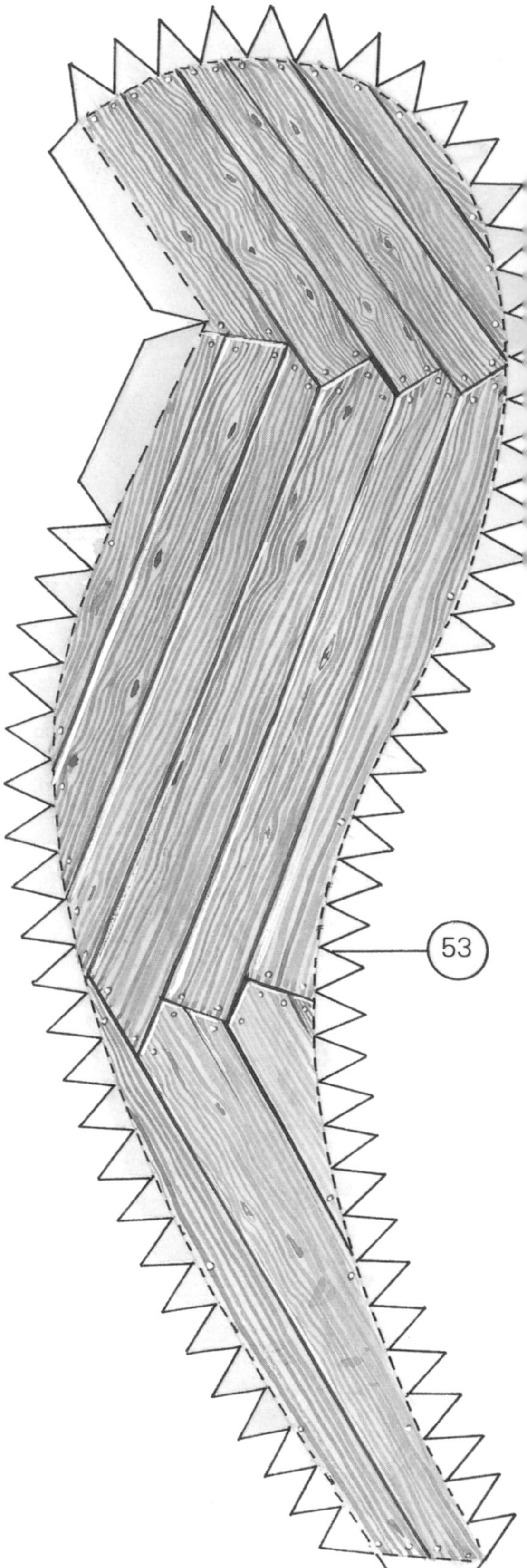

25

12

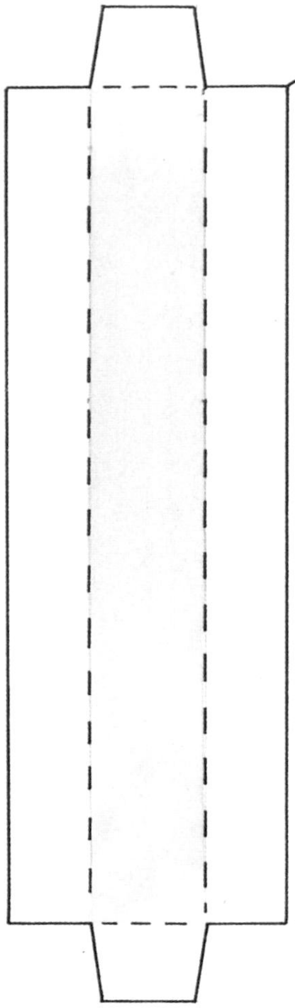

37

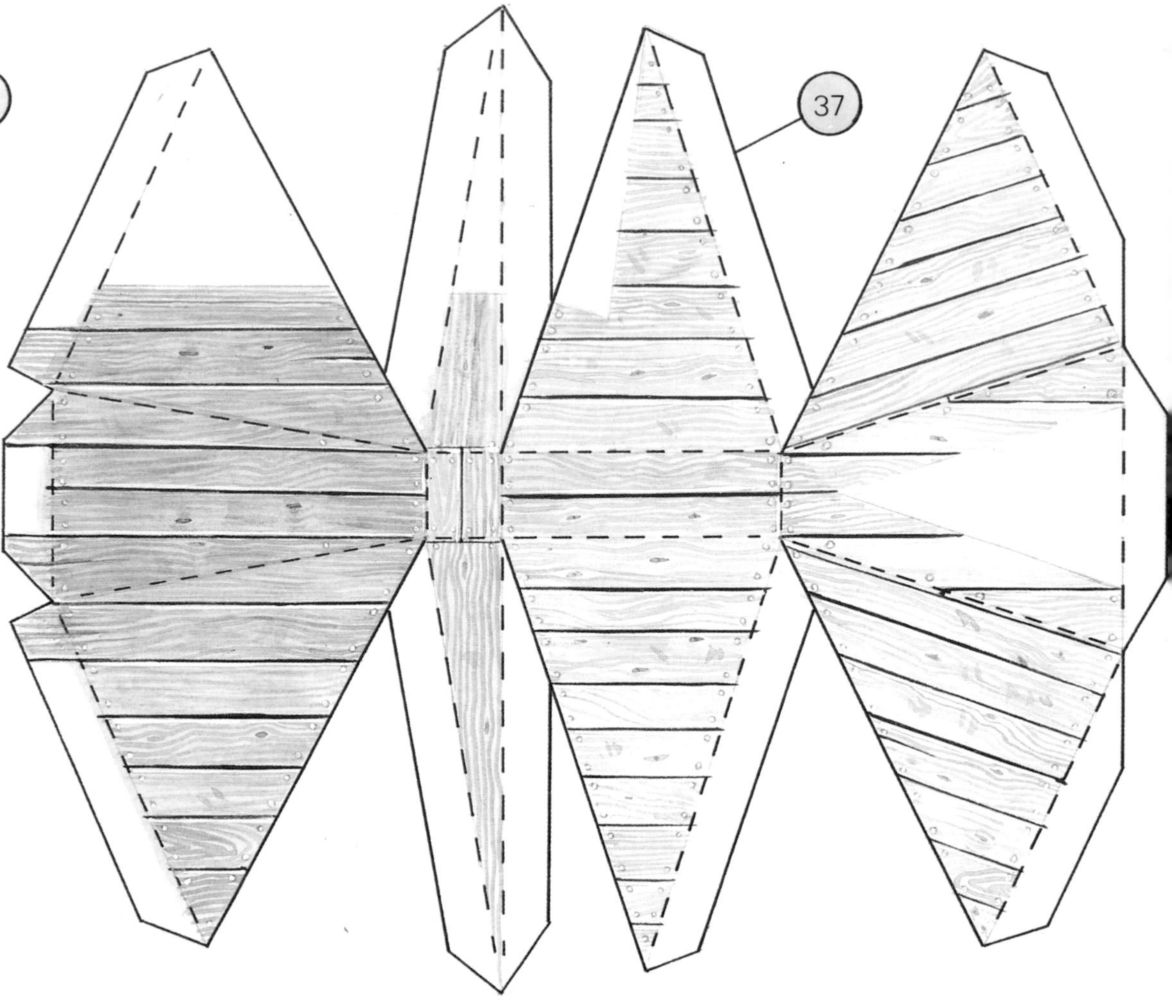

28

24

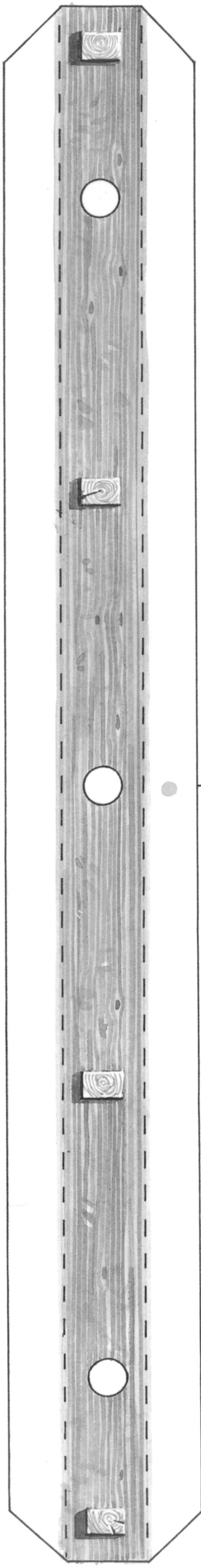
9

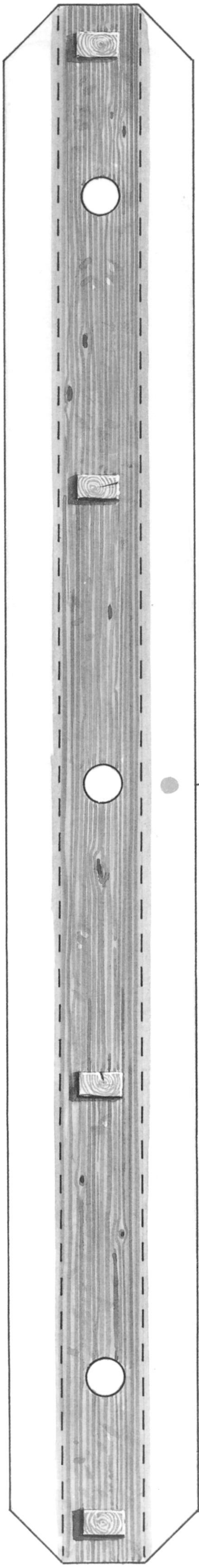
10

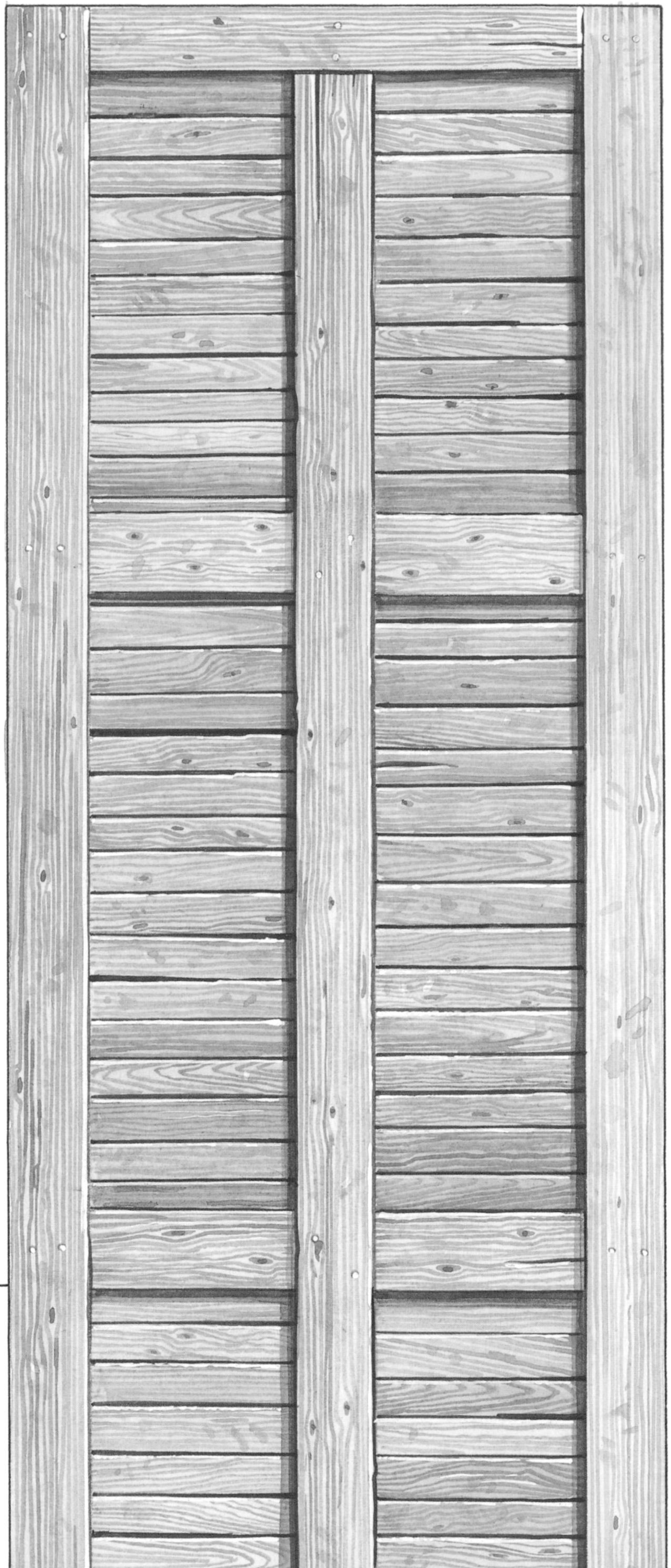
15

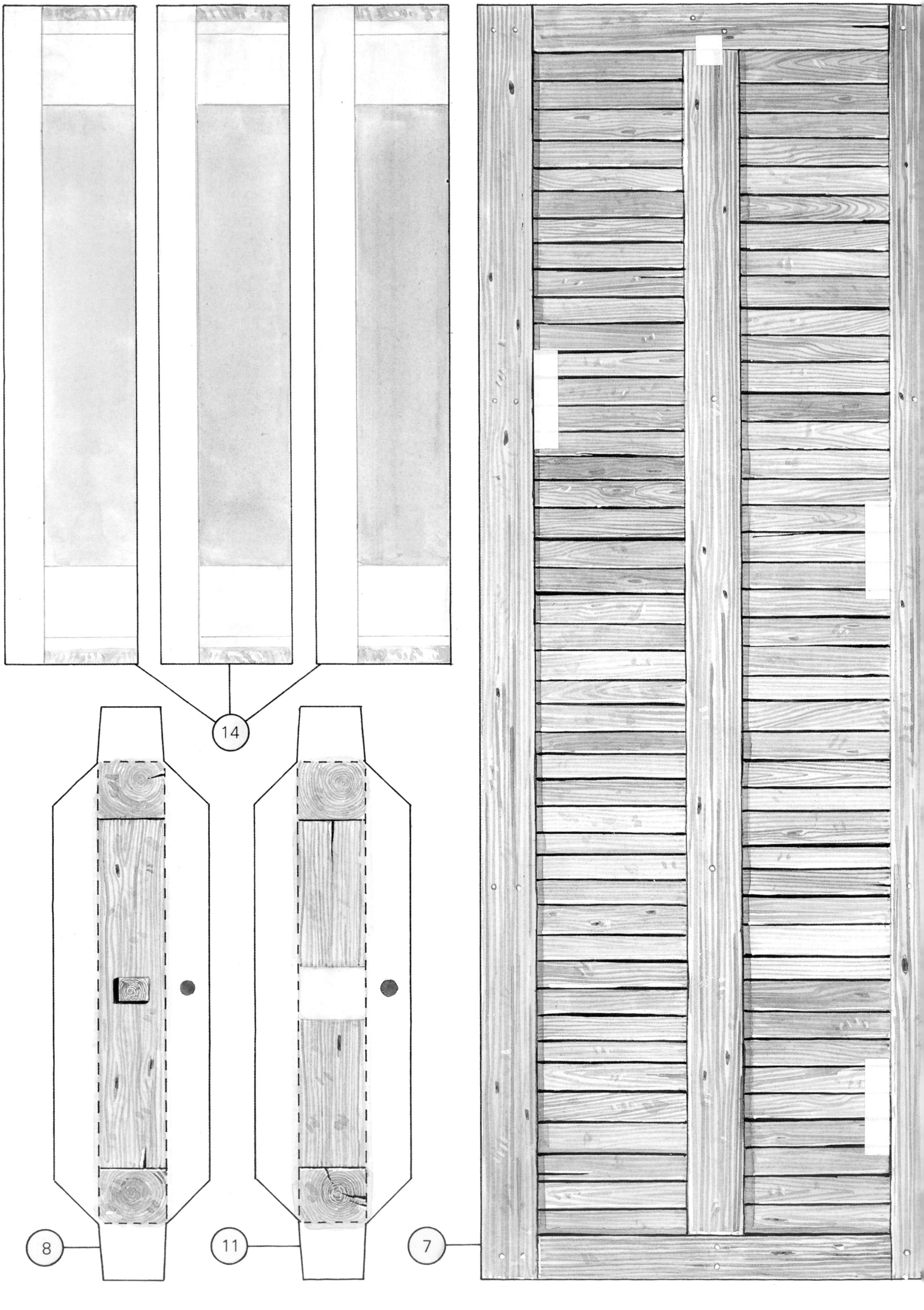
14
8
11
7

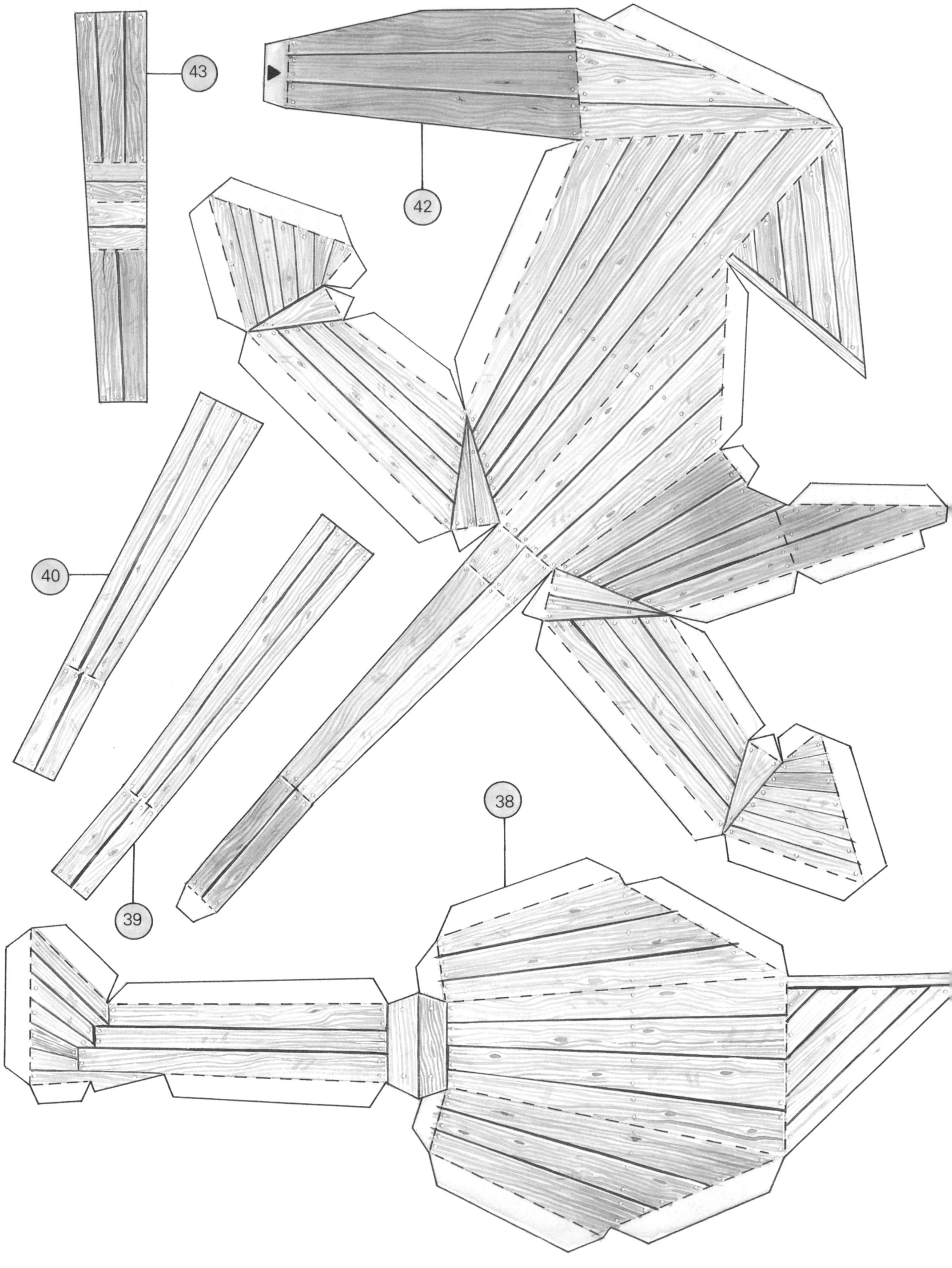
43
42
40
39
38

1

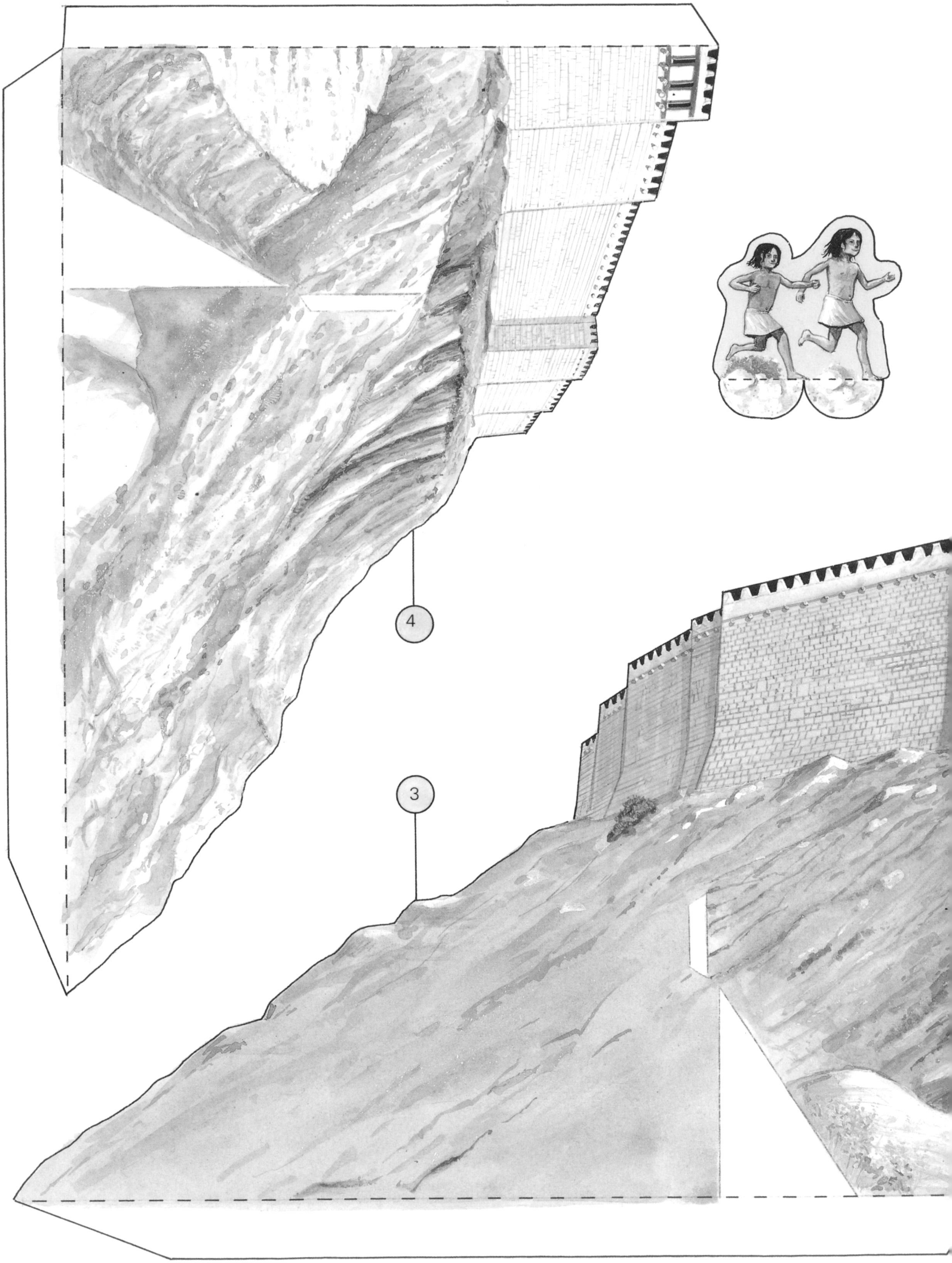
4
3

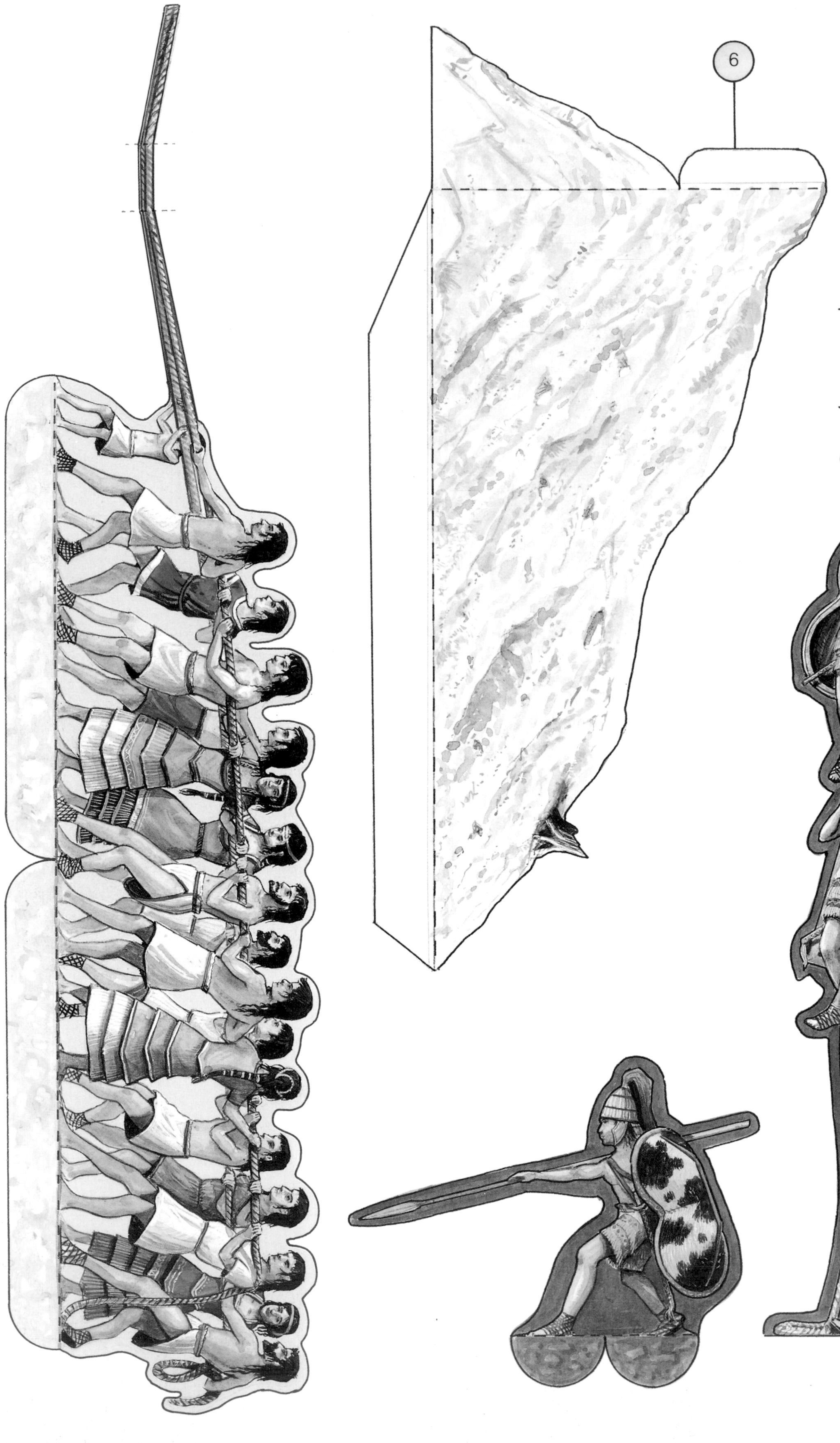
6

2

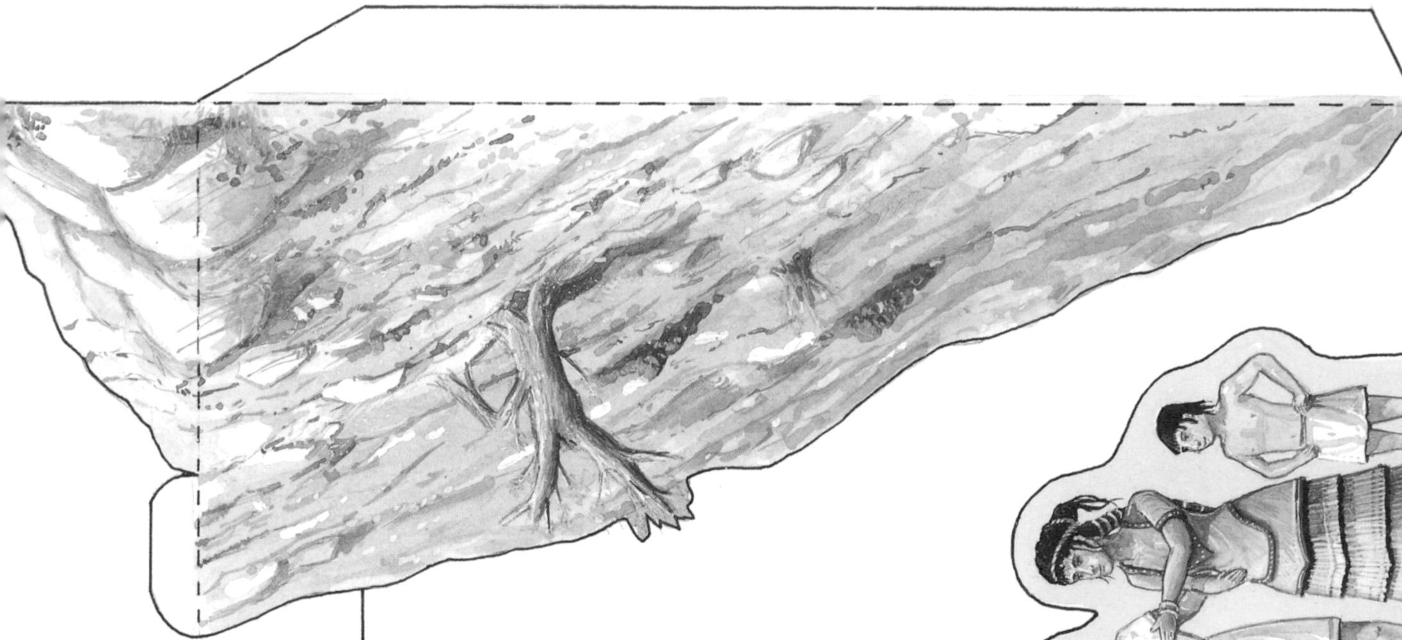

5

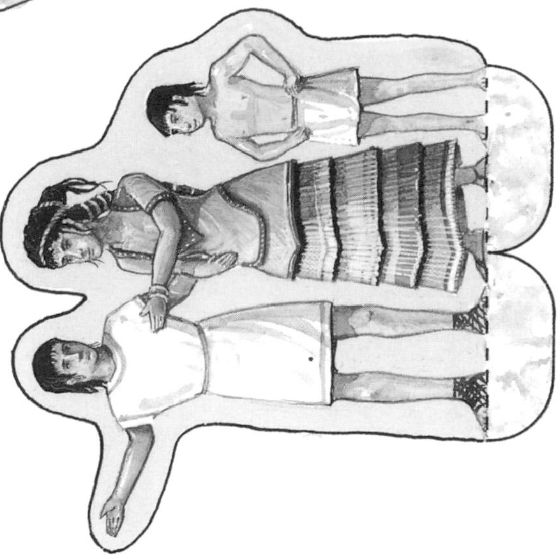

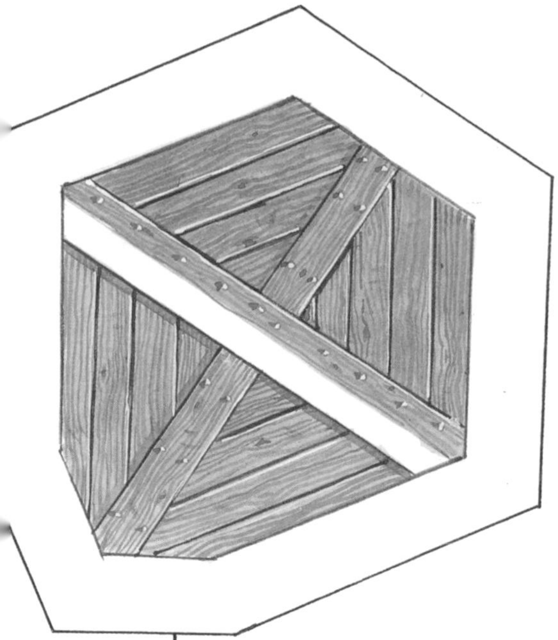

26

27

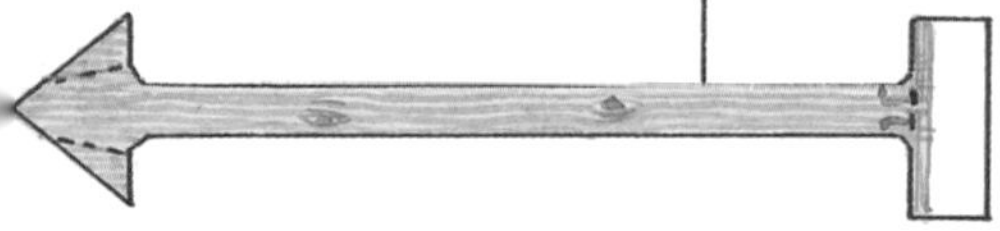

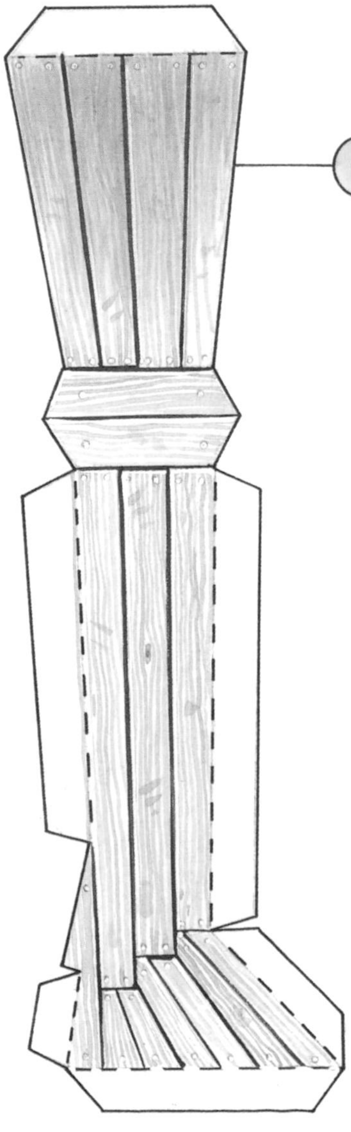

41

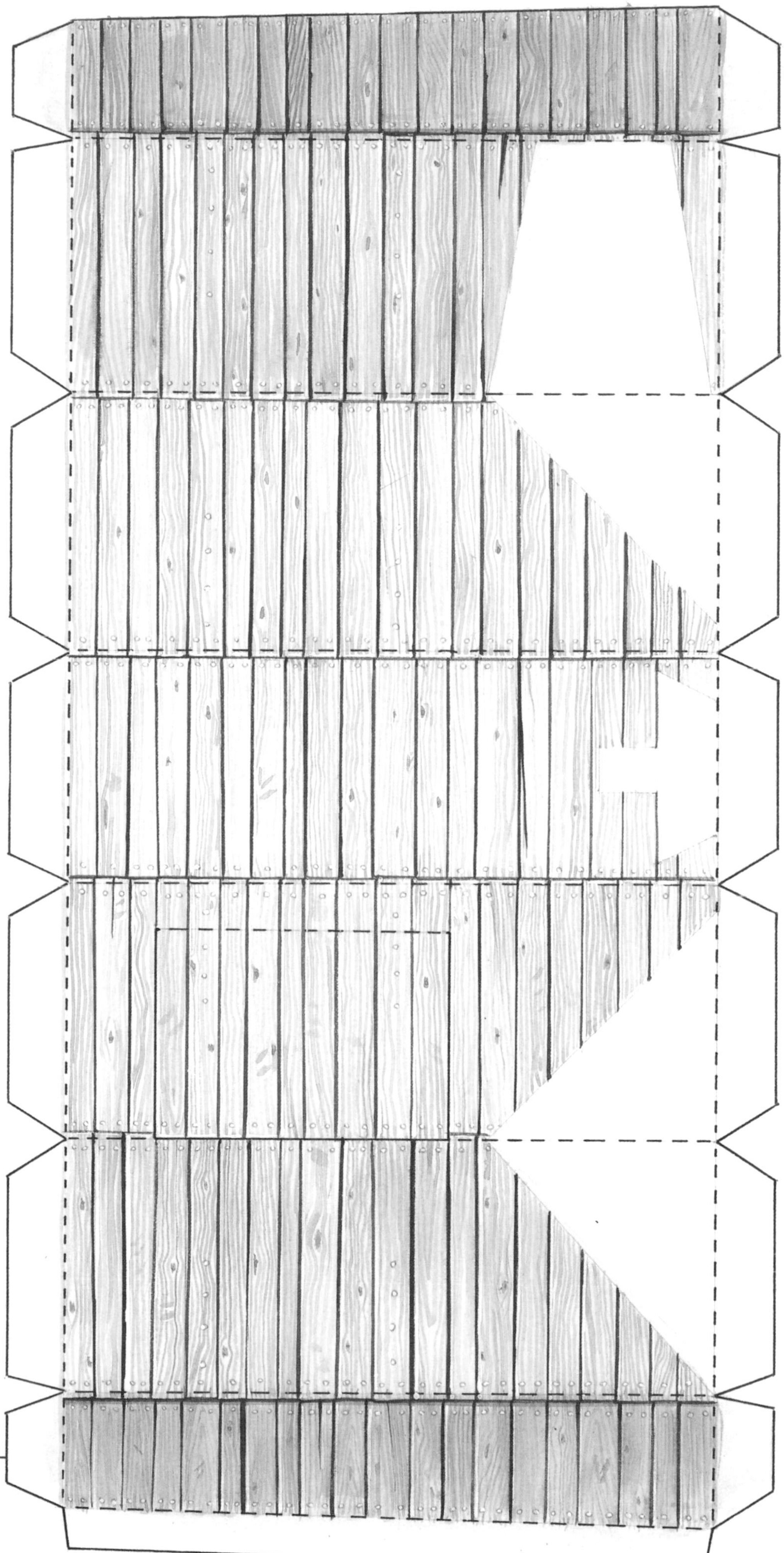

23

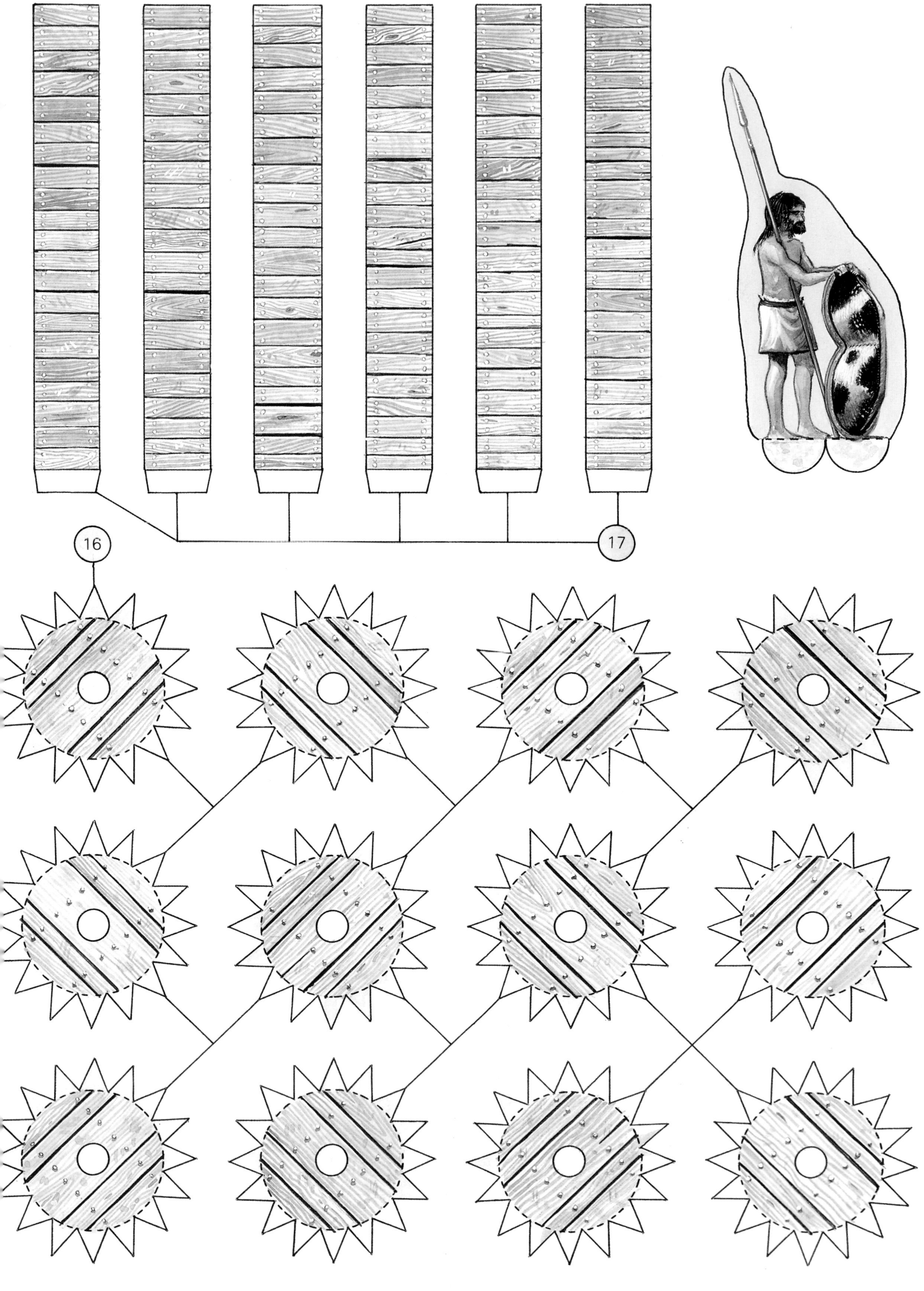
17
16

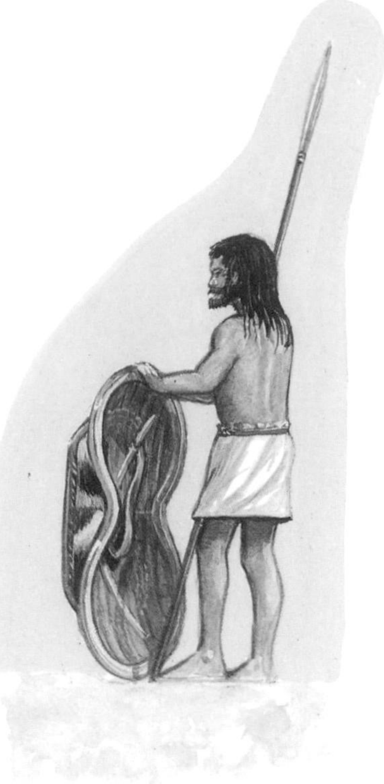

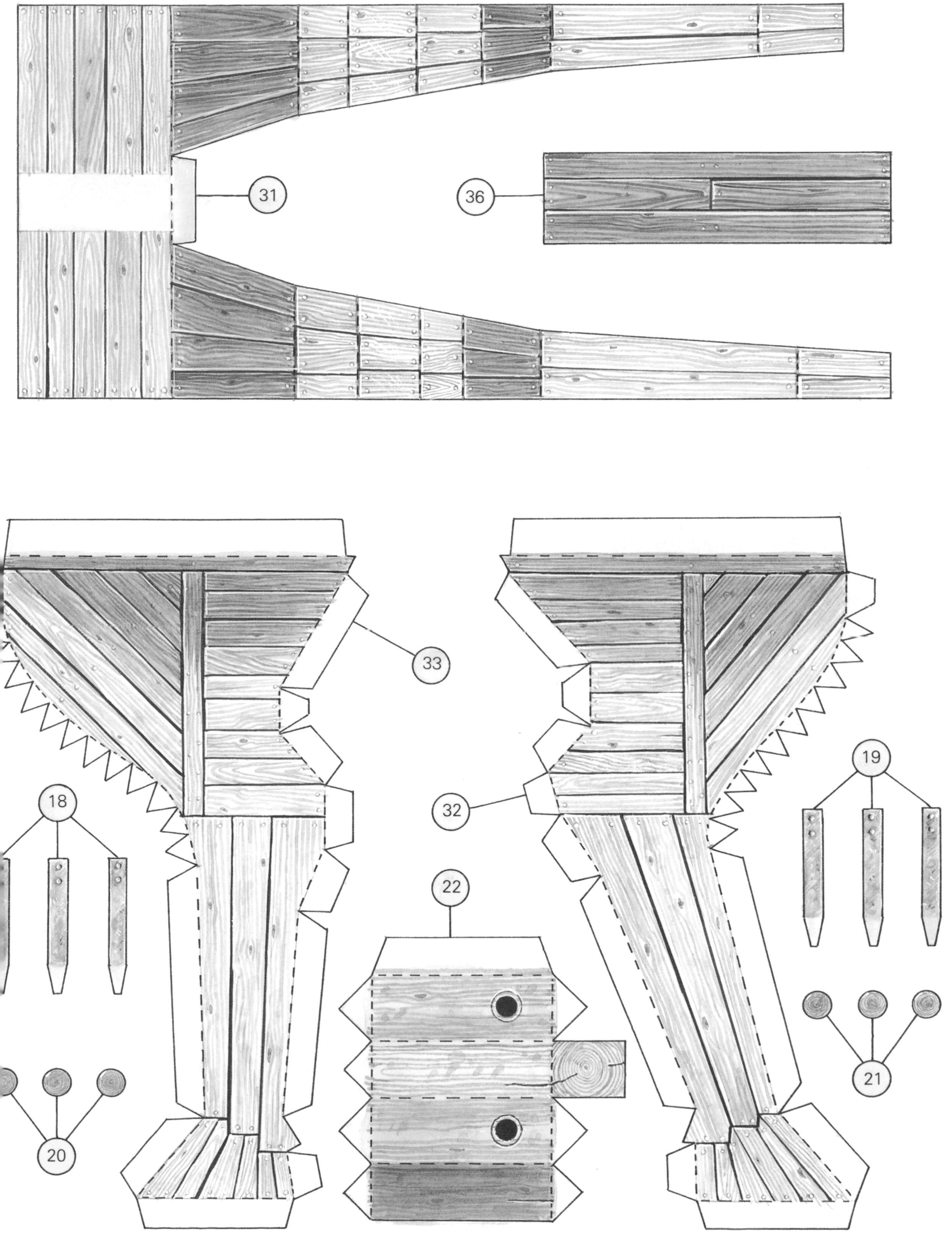
31
36
33
32
18
19
22
20
21

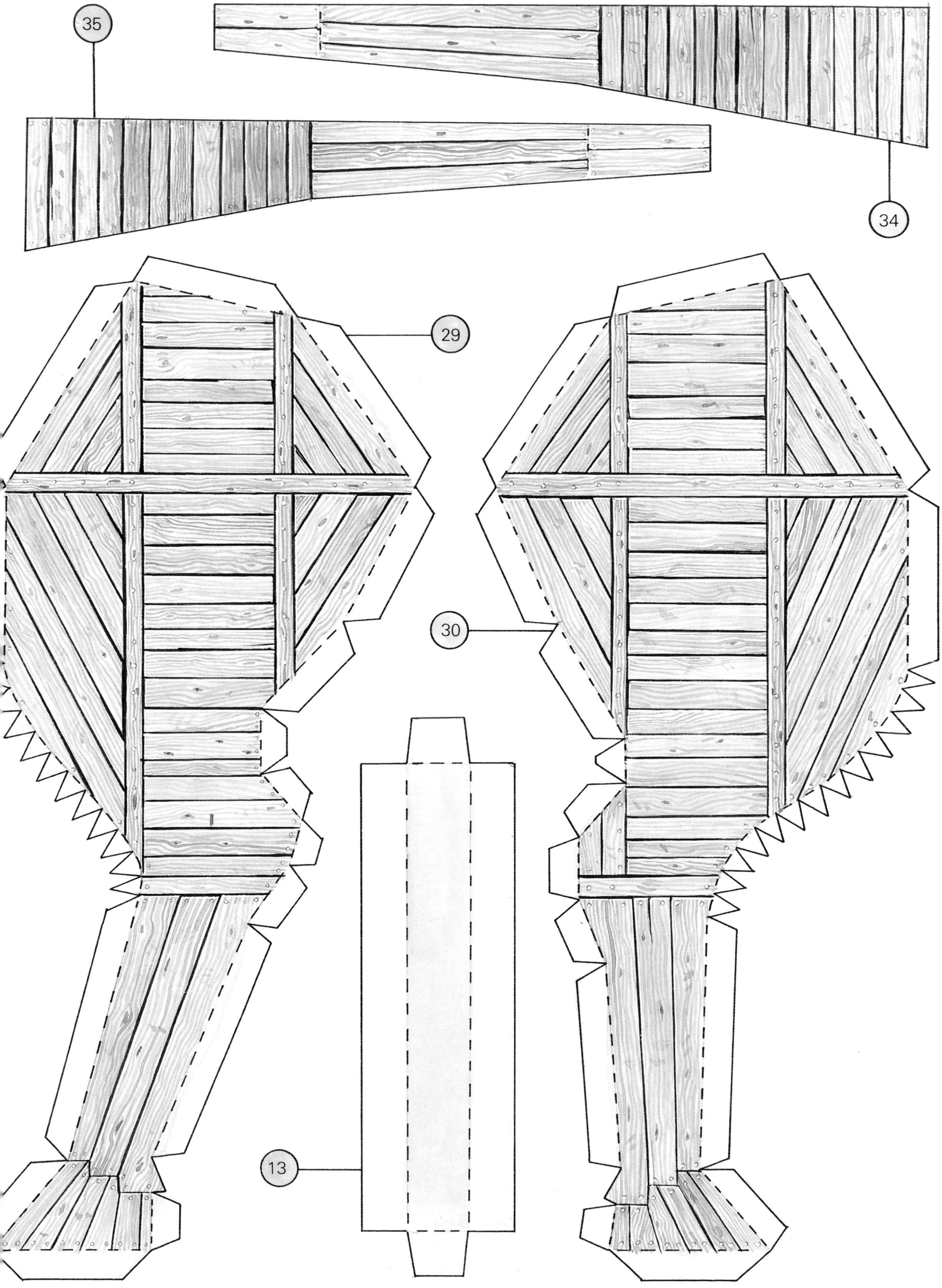
35
34
29
30
13

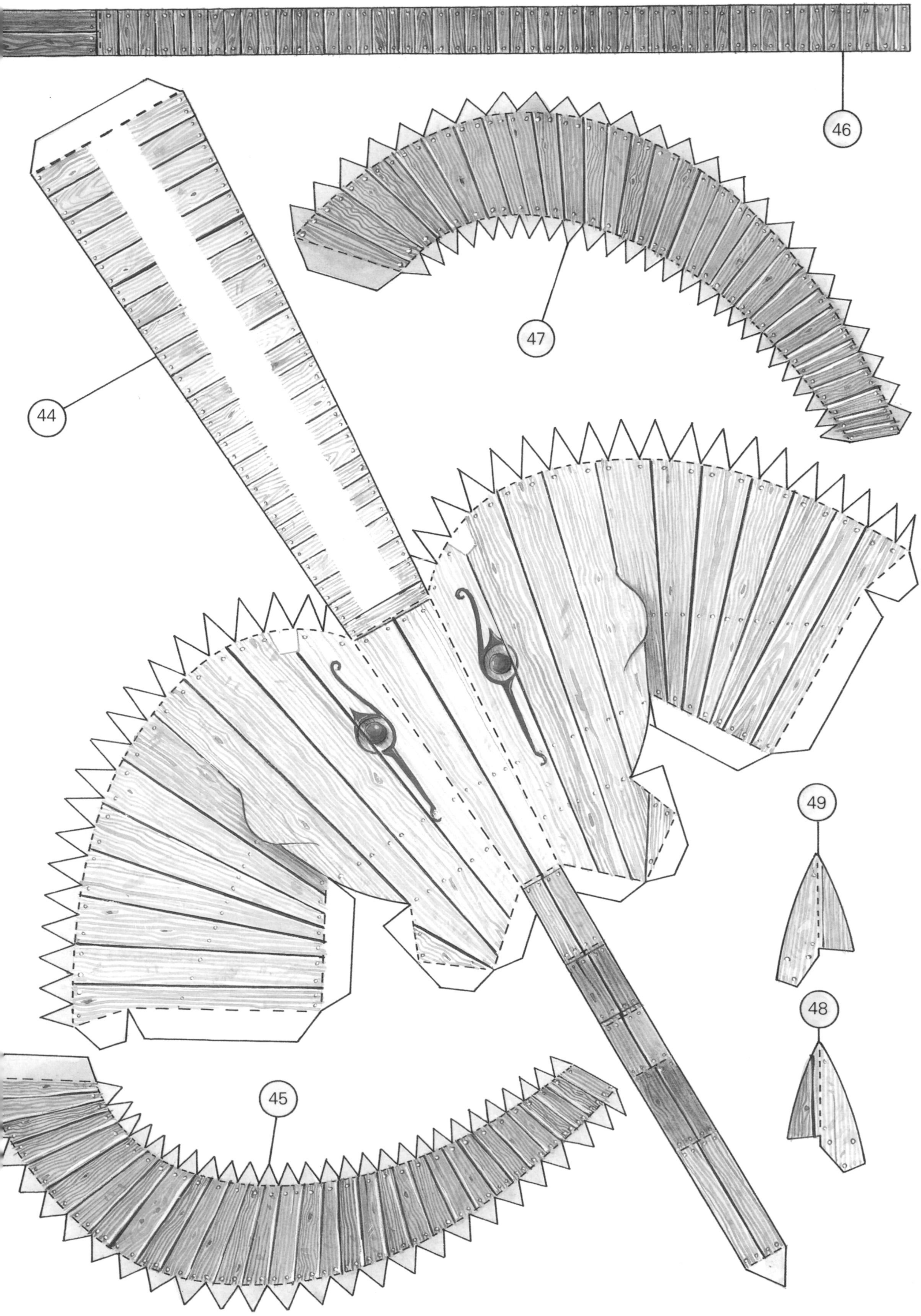

46
47
44
49
48
45